KB042124

꽃 아닌 것 없다

시작시인선 0237 꽃 아닌 것 없다

1판 1쇄 펴낸날 2017년 8월 10일
1판 8쇄 펴낸날 2023년 11월 8일
지은이 복효근
펴낸이 이재무
책임편집 박은정
디자인 이영은
펴낸곳 (주)천년의시작
등록번호 제301-2012-033호
등록일자 2006년 1월 10일
주소 (03132) 서울시 종로구 삼일대로32길 36 운현신화타워 502호
전화 02-723-8668
팩스 02-723-8630
홈페이지 www.poempoem.com
이메일 poemsijak@hanmail.net

ⓒ복효근, 2017, printed in Seoul, Korea

ISBN 978-89-6021-329-6 04810
     978-89-6021-069-1 04810(세트)

값 11,000원

꽃 아닌 것 없다

복효근

천년의시작

시인의 말

크고 화려한 꽃만이 꽃이랴.

작은 풀꽃들도 제 나름의 빛깔과 향기가 있다.
때론 돌 틈에 핀 봄맞이꽃 하나가 봄을 불러오고
주저앉은 사람을 일으키기도 한다.

여기 내 안에 피었다가 지는 사유의 작은 풀꽃들을 모아
놓았다.
잡초가 적지 않을 것이다.

모두 1행에서부터 10행 이내의 조그만 시편들이다.
높고 크고 화려하고 힘센 것들 앞에
조브장해진 내 어깨를 닮았다.

혀짤배기소리에도 귀를 빌려주는 따뜻한 사람들과 나누
고 싶다.

2017년 범실에서

차 례

시인의 말

별똥별

생生과 사死를 한 줄기 빛으로 요약해버리는

어느 별의 자서전

간절하게 참 아득하게

제 몸에서 가장 먼 곳까지
그러니까,
하늘에서 가장 가까운 곳까지
꽃을 쥔 손을 뻗었다가
가만 펼쳐 보이는
꽃나무처럼

포옹

누가 내 심장을 오른쪽에 옮겨놓았나

세상 그득히 내가 참 많기도 하네

안으로 우는 풍경風磬

온통 울리고 가는 대신
풍경 그 청동의 표면에 살짝 입만 맞추고 지나간 바람
처럼

아는가, 네가
아주, 잠깐, 설핏, 준 눈길에
안으로 안으로 동그랗게 밀물지는 설렘의 잔물결

고요히 한생을 두고 일렁이는

당신

탕진은 당신과 하나도 닮지 않았는데
실은 하나다
등이 붙은 샴쌍둥이다
당신이 끝나자 아득히 탕진의 등이 보였다
탕진이 끝나자 당신의 뒷모습이 보였다
끝까지 가봐야 안다
사랑의 어원이기도 하다

무에 대하여

잘라 쓰고 남은 무 대가리
물 접시에 올려놨더니
움이 트고 장다리가 올라와 꽃이 핀다
한낱 무일 뿐인 것이
무밖엔 아무것도 아닌 것이

꽃의 인사

햇살 희롱하며 고개 쳐들고 꽃 피더니
꽃 피우더니
간밤 바람 불고 비 몰아치니
이슬 한 방울도 무겁다고
무섭다고
꽃양귀비 한 송이 흠뻑 젖어
고개를 조아린다
인사를 한다

약력에 대하여

사리 몇 과로 생을 간추리는
선승처럼은 못하더라도

가죽 한 장으로 피비린 생애를 생략해버리는
호랑이처럼은 아니더라도

짧아서 좋은 것은 시어머니 잔소리만이 아니다

말

너를 만나
꽃을 보았다 말하는 순간
모든 꽃들은 죽어가기 시작했다
사랑이라 말하는 순간
지상의 모든 보석은 돌이 되었다
또다시
어느 우주의 보퉁이를 돌다가
너를 마주치더라도
사랑한다 말하지 않으리

어머니의 힘

어머니 비가 억수로 내려요
냅둬라

냅뒀다
비가 그쳤다

죽비 소리

2008.12.10. 맑음

아내와 다투다 아내 만취
당신이 시인이야? 시 몇 줄 썼다고?
사람들이 추어주니 대단한 시인인 줄 아는 모양인데
시 쓰는 흉내나 냈지
당신이 무슨 시인이야?

맞는 말이어서 대꾸하지 못했다

무심코

서먹하니 마주한 식탁
명이나물 한 잎 젓가락으로 집어 드는데
끝이 붙어 있어 또 한 잎이 따라온다
아내의 젓가락이 다가와 떼어준다
저도 무심코 그리했겠지
싸운 것도 잊고
나도 무심코 훈훈해져서
밥 먹고 영화나 한 편 볼까 말할 뻔했다

꽃가지

'꽃가지' 발음하다가
때아니게 눈시울이 시큰거린다

'꽃'과 함께 발음하면 '가지'는 '까지'가 된다
꽃가지도 예쁜데
꽃까지는 얼마나 지극한 경지냐

내 가지는
내 손과 발, 내 자지는
꽃까지 얼마나 멀었느냐

시

칠흑 어둠에 몸을 씻은 별처럼
그 별의 잔등을 밤새 문지른 아침 이슬처럼

겨울 이야기

내리는 서설을 받으려 마른 부추꽃대궁이 가만 손을 뻗자
바람이 잠시 숨을 멈추는 순간이 있었습니다

절정

섭씨 36도 한낮의 허공
이쯤이면 됐다 툭, 떨어지는 능소화 모가지*

서늘하였다

* 한창훈의 『한창훈의 향연』에서 변용. "이젠 됐다. 툭, 떨어지는 동백꽃".

공범

차 안에 두면 향기가 좋겠다는 아내의 말을 듣고
앞집 탱자 울타리에 신발 한 짝을 벗어 던졌다

탱자 몇 개가 떨어져 구른다

줍고서 돌아서려다 보니
집주인이 씨익 웃으며 서 있다

흉내나 내듯
부끄러운 초저녁달이 씨익 웃는다

탱자 냄새가 났다

촛불

누구의 무슨 죄를 그리
대속하시려는지
눈물 치렁치렁
제 한 몸 다 타도록
상기도 소신공양 중이시다

이 깊은 밤의
촛불佛

쑥갓꽃

텃밭 한구석에
어머니 쑥갓꽃 피웠다

"씨앗 받을라고 일부러 꽃 피게 냅뒀다."

신 말고도 꽃 피우는 이가
세상에는 또 이렇게 있다

여든여섯 노구가
지팡이 위에 쑥갓꽃으로 예쁘다

가을

주차해놓은 낡은 내 차에
어느새 은행잎 수북이 쌓였다

꽂았던 키를 다시 뽑아
나 오늘은 걸어서 퇴근한다

연

갓 낳은 제 새끼를 지극정성 핥는 어미 소 큰 눈 가득 눈
물 홍그렁하다

축생이어서 미안하다고 어미를 닮게 해서 미안하다고

섬

딱 한 사람분의 영토

너라는 섬, 너도

그리고 나도

절해고도

개장수가 다녀가다

개 팔어요, 개 삽니다.

큰 개, 작은 개 삽니다.

개 팔어요. 개~애 하면서 개장수 차가 지나간다

개장수는 차 속도를 줄이더니

가만히 서 있는 나를 위아래로 한참이나 훑어보고 간다

언뜻 신을 보다

이 도토리 한 알이 저 참나무 숲의 자궁이었다니

초승달

어둠 이쪽으로
빛나는 쇠뿔 하나 불쑥 비쳐 있다
저 뿔 따라 어둠 저편 헤치고 가면
잃었던 소 찾겠다

제비꽃 비명碑銘

착하게 살았던가 보다

무덤가

제비꽃 몇 포기 곱다

선화공주에 대한 서동의 생각

까짓 황금이야 서라벌 골목에 널린 개똥 같은 것

오늘 내가
진흙으로 황금을 만들어 보이리니
그것으로 하루아침에 한 왕국을 세워 보이리니

아흐 님하,
그대가 와서 그대 가만 와서
이 진흙 덩이에 입김만 후— 불어넣어 준다면

까짓 황금쯤이야
까짓 천하쯤이야

순례
―자벌레

동아줄로 꼬인 번뇌의 길
일보일배 온몸으로 걷는다
다시는 못 올 길
성지가 아닌 곳은 없다

어떤 퍽큐[*]

잘린 나뭇가지 하나가 손가락을 세우고 있다

잘린 그 자리에 다시는 꽃 피거나 열매 맺지 못하리니
사람들이 자른 것은 가지일까 자지일까

세상을 향해 날리는 저 아픈 퍽큐

[*] 퍽큐: 손가락을 세워 하는 욕.

별

어둠 저편에는 분명 그리운 그곳이 있어
구멍 숭숭 뚫린 하늘 휘장
빛이 줄줄 새는 것 보아

홍시

누구의 시냐

그 문장 붉다

봄 햇살이 씌워준 왕관 다 팽개치고

천둥과 칠흑 어둠에 맞서

들이대던 종주먹

그 떫은 피

제가 삼킨 눈물로 발효시켜

속살까지 환하다

새의 눈빛

내 눈과 마주치자
고개를 갸웃하는 새

중증重症임을 의심하는 의사 같다

회동그란 눈
은침 같은 눈빛에
내가 먼저 시선을 피했다

중년中年

당신이 힘들고 지친 만큼 나도 무척 외로웠어야
말하고 싶던 것을

곰곰 생각하다가

내가 힘들고 지친 만큼 너도 무척 외로웠지
묻고 싶던 것을

그쪽에서 건너온 손을 어둠 속에서 꼭 쥐고
둘은 아무 말도 하지 않았다

가훈

쓰레기 분리수거장 벽에 누군가
가훈 액자를 버렸다

"서로사랑하자"

사해일가四海一家라 했으니
집 밖에 내다 건 것일지도 모른다

참새 한 마리 그 위에 앉아 번역에 바쁘다

달빛

새라도 날았더라면

거문고 소리 요란했겠다

진평왕과 놀다

살아서 천하를 호령하였다 해도
풀꽃 하나 피울 수 없었던 그
죽어 흙이 되어 무덤 위에 수많은 풀꽃을 피웠다
풀꽃이 되었다
별노랑이꽃의 진평왕이여 가락지꽃, 민들레, 꿀풀꽃의
진평왕이여
어느 통치자에게도 굴신하지 않겠다는
나기철 윤효 정일근 오인태 나혜경 김길녀 함순례 시인 몇
아예 무릎을 꺾고 풀꽃에 머리를 조아렸다
왕의 기꺼운 신민이 되었다
비로소 통일천하 이루었다

봄비

꽃씨 뿌려놓으니 봄비 내린다

저 빗소리 얇게 떠서 한 자락 이불로 덮고
꽃꿈 꾸며 자는 잠

이 잠 끝이 이승이 아니어도
내 한 알 씨앗으로 봄비 또 만나면

한 줄기 풀잎으로 솟아
꽃은 필까
꽃으로나 피어날까

기도

며칠 내려주신 비에
꽃밭엔 화초만 자라는 게 아니다

꽃 몇 송이 떠 있는 잡초밭이다

그렇다면 천국의 꽃밭에도
화초만 있는 것은 아닐러라

내 안의 꽃밭도
다만 전부가 잡초만은 아니기를

꽃 아닌 것 없다

가만히 들여다보면
슬픔이 아닌 꽃은 없다

그러니
꽃이 아닌 슬픔은 없다

눈물 닦고 보라
꽃 아닌 것은 없다

수레바퀴를 보다

아내가 또각또각 자르는 연뿌리는
수레바퀴 같다

진흙 연못 속에 구르던 팔만사천 수레바퀴
꽃잎 경전을 실어 나르는

다시詩

마른 만년필촉을 눈물에 적셔서

생生

먼지였던,

아직 먼지가 아닐 뿐인,

조만간 먼지일,

먼지

기철오름이 있다
―나기철 시인

 제주에는 지도엔 등재되지 않은 오름이 하나 있는데 용
암을 뿜었던
 그 어린 분화구는 불꽃 대신 사철 사람 체온의 작은 들꽃
들을 뿜어낸다

참 이쁜 것들

아직도 내가
변할 수 있다고 믿는 건지
잘할 수 있다고 믿는 건지
지청구하는 아내와
나도 반짝일 수 있다고 믿는 건지
멀리서 말 걸어오는 별빛과

봄

　원수처럼 지내던 고양이 두 마리 양지쪽에서 서로의 살
을 핥아주고 있다

무명 1

매미의 허물
등 뒤에 칼금 같은 상처가 하나 그어져 있다
모든 상처는 문鬥이라는 듯
매미는 우화하여 저 높은 곳에서
무~운 무~운 문…… 노래한다

들여다보면 내게도 수없는 자상刺傷이 그어져 있는데
문고리에 매달려 속울음만 삼키는
깜깜한 한낮

꽃의 시간

대빗자루 들고 서서
쓸 것인가 말 것인가
숫눈 위에 꽃으로 찍힌 고양이 발자국

망설이는 동안
얼른 알고
송이눈이 덮어주고 있다

몸통

밥통
술통
똥통
편두통
고집불통
꼴통

그 온통

소쩍새

초저녁 듣던 그 소리
새벽잠 깨어보니
아직도 그 소리입니다
서산에 소리북 덩그렇게 놓이고
인당수 뛰어드는 대목이었던지요
풀잎에는 눈물이 서 말가웃

낮은 것들의 힘

지난밤
천둥 번개 집중호우에
우지끈 거목이 눕고
도로 한 귀퉁이가 주저앉았는데
낮은 언덕 키 작은 풀잎들
다친 데 하나 없다
풀뿌리가 거머쥐고 있는 언덕도
푸르게 제자리에 버티고 있다

시월

연인처럼 왔다가
도둑처럼 가버리는

도둑처럼 왔다가
연인처럼 가버리는

연인과 도둑의 시간

그 계집애 1

아무렇지도 않은 듯

눈망울 초롱하게 이별 인사를 하는

그 계집애가

서러워 몇 밤을

잠들지 못하고 나는

눈물을 닦아내곤 하였다

그 계집애 2

그 꺼먹 눈망울과
웃을 때 하이야니 빛나던 덧니가
가물가물
생각나지 않을 때
저녁이면
구름 밖 별 몇 개를
오래 바라보곤 하였다

꽃

내 몸의 통점을 이어놓고 나면
나의 형상이 되리라

그렇듯 나무는 나무의 통점의 총합이다
아픔이 사라진 나무는 장작에 지나지 않는다

세상에, 생이 아픔과 동의어라니

아프지 않으면 노래가 떠오르지 않듯이
다리가 아프지 않을 땐 다리가 있는지도 모른다

나무의 통점에서 꺼낸 잎이 푸르다
꽃은 통증의 역설이다

시집의 쓸모

그의 비닐하우스 창고에서 삼겹살을 굽는데
그는 휴대용 가스레인지 한쪽 귀퉁이에 얇은 시집 한 권
을 가져와 고였다

기름기가 한쪽으로 흘러 빠져서
삼겹살이 노릇노릇 구워진다

그래서, 그러므로
나는 또 시를 써야겠다고 생각했다

작약에 대한 단상

모든 폭탄 속의 작약炸藥*을 쏟아내고 꽃병을 만들어서**
작약芍藥을 꽂는다면
신께서도 환호작약歡呼雀躍하실 텐데

* 작약炸藥: 폭탄 속에 장치하여 폭발시키는 작용을 하는 화약.
** 움베르토 에코의『폭탄과 장군』

물구나무

물구나무를 선다 잠시
내가 나무가 된다

팔이 부러질 것 같고 눈이 빠질 것 같고 심장이 터질 것
같다
평생을 나무인 나무는 오죽하랴

하늘 우러러 꽃 피는 나무 아래서
가끔은 부끄러울 때가 있다

옛날

사과 한 알을
옷자락에 쓱쓱 문질러

너 먼저 한입 베어 먹고
네 입술 닿았던 자리 내 한입 베어 먹으면

어디서 뇌성이 우는 소리
가슴 위로 기차가 지나가듯

숨이 가쁘던
숨만 가쁘던

족적

마을 어귀 시멘트 포장길에
개 발자국 몇 개 깊숙이 찍혀 있다

개는 덜 마른 시멘트 반죽 위를
무심코 지나갔겠으나 오래도록

'개새끼' 소리에 귀가 가려웠겠다

선승이나 개나 발자국 함부로 남길 일 아니다

깨어진 얼음이 무지개를 품는다

연못의 얼음을 밟으니
투둑, 금이 간다

얼음은 금 간 제 속살에 재빨리 무지개를 새겨 넣는다

한 번 왔다 가는 생인데
얼음 저도 햇살에 녹아 맥없이 스러지고 싶진 않았으리

장렬하게 깨어져서
제가 품은 은장도로 제 가슴에 새겨 넣는 무공훈장

장맛비

내 어릴 적엔 그냥 장마비였다

어느 날부터 서울이,
서울 사람이 표준이 되었던가

내 사는 이곳은 전라도 남원
아직도 먼 과거형으로 비는 맹물 맛인데

한반도엔 장맛, 장맛비가
표정 없는 표준으로 지겹도록 내리고

시인처럼

화장실 가는 척하면서
술값 계산하고 왔다

"그동안 무엇을 하였느냐는 물음에 대해
다름 아닌 인간을 찾아다니며
물 몇 통 길어다 준 일밖에 없다"*고 한 시인처럼

술 몇 잔 받아준 것으로
시인인 척해 보는 날이 있었다

* 김종삼 「물통」에서.

엉금, 꽃 피다

마을 회관에서 앞집 할머니 댁 앞까지
내게 35초 걸리는 것을
할머니에겐 5분 35초가 걸린다

나팔꽃 하나가 온전히 펼쳐지는 만큼의 시간

85년을 걸어서야 비로소 얻은 엉금
저 엉금,
황금보다 더 빛나는 꽃의 시간

근황

여기엔 나밖에 없습니다

그나마
방금 떠났습니다

연지蓮池

불가득

겹겹 불의 꽃잎

그릇그릇 연밥이 익고

바람이 불자 연못엔 떼춤이

가득

불 가 득

장마

스테인리스 개 물그릇에
녹색 이끼가 끼었다

연못인 줄 알았을까
어린 무당개구리가 뛰어들었다 못 나가고 있다

하루 종일 물 높이가 그대로다

무언경無言經

빈 하늘에 비행기 한 대
백묵으로 길게 밑줄을 긋고 지나간다
답을 일러주시는 것 같은데

이윽고 다시 빈 하늘이다

불 씨

불에도 씨가 있어

불씨 하나로 온 세상을 다 태울 수도 있지

내 불에도 씨가 있지

세상에, 내가 불이었다니!

무지개

저 다리 건너
그리던 그 세상 분명 있을 거라고
하늘이 잠시 잠깐 보여주는

오월

괜찮겠어요
물으니

오월이잖아요
그가 짧고 아프게 웃었다

누명

내 사는 꼴
얼마나 누추하게 보였으면
꽃이 많이 피어서
갖은 새소리 가까이 들려서
나더러 부자라고 아닌 누명을 씌우고 갑니다
억울하진 않았습니다

빈집

큰딸 집에 간 할머니
지난겨울 죽은지도 모르고
마당엔 동백꽃이 한창

무명 2

요즘 잘나가는 백종원 TV. 음식 프로그램에도 나왔다는,
사람들이 줄을 지어 기다리는 그 집을 두고

왜 하필 그때
나온 지 얼마 되지 않아 절판되어버린 내 시집들이 생각
났을까

나는 손님 몇 없는 맞은편 식당으로 갔다
서글픔으로도 배가 불렀다

무명 3

그 낯선 소도시 서점에 가서 내가 한 일이란 내가 펴낸 시집이 있는지 물어본 것이었다 몇 군데를 가도 없었다 그리고 나는 사지도 않을 내 시집을 살 것처럼 주문을 하고 온 적이 있다 한밤중에 깨어 어둠 속에서 내가 내 볼을 만져보는 것처럼 쓸쓸한 날이 많았다

자서전

한 마리 새를 얻기 위해선
한 무리 새 떼를 날려 보내야 한다

그런 것쯤은 나도 안다
그런데 이걸 어떻게 변명하나

새 한 마리도 얻지 못하고
새 떼를 다 날려버린

복사꽃 핑계

구룡계곡 복사꽃 피는 날엔

출근하기 싫어서

어찌할 도리 없어

말짱한 배라도 아프고 싶었다

조응

바람이 없어
고요한데
유독 그 잎새만 흔들렸습니다
그때 내가 그 잎을 보았겠지요
내 마음 실핏줄 하나도 흔들렸습니다
순서는 그 반대일지도 모르겠습니다

결근 사유

목련꽃 터지는 소리에
아아,
나는 아파라

간절함의 미학

이경호(문학평론가)

서로 대비되는 시적 상상력의 운용 방식이 있다. 하나는 밑 빠진 독에 물 붓기 식의 상상력 운용 방식이다. 대체로 젊은 시인들이 즐겨 사용하는 방식이라는 판단이 드는데 이런 운용법의 핵심은 수다와 속도감이다. 요즘의 세태와 부합하는 방식이라는 생각이다. 수많은 정보를 스치듯 취합하여 부려내는 네티즌의 일상이 시적 상상력으로 적용되었다는 느낌도 든다. 가벼우면서 발랄하게 부려내는 이런 상상력이 빚어내는 언어의 특징은 산만한 편이다.

이런 상상력의 반대편에 이번에 복효근이 펴내는 시집이 놓여 있다. 고전적인 풍모를 풍기는 시집의 속성은 무엇보다도 언어를 소중하게 벼려내는 특징에서 비롯된다. 대체로 10행 미만의 짧은 시들은 그런 특징과 수미상응하도록 압축된 사유와 정서를 담아낸다. 짧으면서 압축된 시편들의 성격은 "사리 몇 과로 생을 간추리는/ 선승"(『약력에 대하여』)의 시행들 속에 적실하게 표현되어 있다.

그런데 복효근의 단시가 제시하는 압축의 특징은 보다 중요한 속성들을 밝혀내는 작업에 긴요하게 동원된다. 그 첫 번째 속성은 '불립문자'의 마음가짐이다. 언어로 삶의 이치를 온전히 밝히고 누릴 수 없다는 믿음, 그것은 이를테면 묵언수행의 자세와 유사하다. "사랑이라 말하는 순간/ 지상의 모든 보석은 돌이 되었다"(「말」)는 전언은 언어행위의 부질없음을 토로한다. 하지만 불가의 선시禪詩조차 불립문자의 한계를 껴안고 존재하듯이 모든 시는 무망한 언어를 동력으로 삼아 운용될 수밖에 없는 운명임을 자각하기에 훼손된 언어의 체적을 최소한도로 줄일 수 있는 시의 표현법을 도모할 수밖에 없다.

　언어의 체적을 줄이기 위해 복효근이 동원하는 두 번째 시의 속성은 정서와 사유의 도끼질이다. 동양화의 필법 중에 '부벽준斧劈皴'이라는 것이 있다. 도끼로 나무를 찍었을 때의 자국으로 바위나 절벽을 그려내는 붓질을 일컫는데 사소하거나 장식적인 것들을 제거하고 골격을 힘차게 그려내는 느낌을 안겨준다.

　　　어둠 이쪽으로
　　　빛나는 쇠뿔 하나 불쑥 비쳐 있다
　　　저 뿔 따라 어둠 저편 헤치고 가면
　　　잃었던 소 찾겠다
　　　　　　　　　　　　　　　　　─「초승달」 전문

　"빛나는 쇠뿔"이라고 묘사된 달의 형상이 부벽준의 필법을 연상시킨다. 그저 초승달이 아니라 보름달을 벼려낸 달의 척추로 초승달이 보이는 효과를 만들어냈기 때문이다. 그런데 효과는 척추에 머무르지 않는다. 척추가 본질을 찾는 여정으로 인도되고 있기 때문이다. 불가의 도를 깨우치는 과정을 소 그림으로 비유한 '심우도尋牛圖'의 이치도 그 때문에 끌어들였다("잃었던 소 찾겠다"). 본질의 가치는 "불에도 씨가 있어// 불씨 하나로 온 세상을 다 태울 수도 있지"(「불 씨」)에도 잘 표현되어 있다. 본래 언어의 체적을 줄이고 압축하려는 뜻도 생의 본질을 거머쥐려는 의욕에서 비롯되었을 듯하다.

복효근의 이번 시집에서 생의 본질을 간파하려는 여정은 몇 가지 핵심적인 요소들을 끌어안는 방향으로 나아가는데 그중에서도 돋보이는 요소가 '찰나'의 시간성이다.

　　　저 다리 건너
　　　그리던 그 세상 분명 있을 거라고
　　　하늘이 잠시 잠깐 보여주는
　　　　　　　　　　　　　　　　　　─「무지개」 전문

무지개가 보여주는 아름다움의 비밀을 "잠시 잠깐"의 시간성에서 찾아내는 시선은 짧은 시의 존재 근거를 돌아보는 시선과도 연루되어 있다. 찰나로 존재하는 진실을 거머잡기에 맞춤한 표현법은 압축된 시행이어야 하리라는 것이다. 산만한 시행으로 부여잡기에 찰나의 진실은 손가락 사이로 빠져나가는 모래와도 같다는 실감이 짧은 시행과의 만

남을 도모하게 만들었을 것이다.

　찰나의 진실은 지속될 수 없는 시간성으로 간절함을 획득
하는데 간절함이야말로 복효근 시인이 만끽하고 싶어 하는
생의 가장 핵심적 요소이다. 그런데 간절함은 무지개의 단
속적인 시간성으로도 성립하지만 아득한 공간성으로도 성
립할 수 있다. 수월하게 도달할 수 없는 거리에 존재한다는
것이 간절함의 성립조건으로도 작용하고 있다는 말이다.
그런 점에서 간절함의 공간성을 보다 절실하게 부각시켜주
는 사례를 다음의 시편에서 찾아볼 수 있다.

　　　제 몸에서 가장 먼 곳까지
　　　그러니까,
　　　하늘에서 가장 가까운 곳까지
　　　꽃을 쥔 손을 뻗었다가
　　　가만 펼쳐 보이는
　　　꽃나무처럼
　　　　　　　　　　　　　—「간절하게 참 아득하게」 전문

　이 시편에서 드러나는 아득함의 공간성은 상대적인 절
실함의 묘미를 부각시켜준다. 나무의 가장 끝가지에서 피
어나는 꽃은 아득한 공간적 거리감으로 절실한 아름다움을
과시하는데 그때의 아득한 공간적 거리감이란 보편적인 속
성이 아니라 상대적인 속성으로 성립하는 효과를 창출해낸
다. 그때의 상대적인 속성이란 나무의 생명력이 도달하기

에 가장 먼 곳, 나무의 수액이 안간힘으로 도달한 자리에서 피어난 보람을 일컫는다. 나무의 생명력이 지켜낸 안간힘 속에서 아득함의 거리가 간절함의 미학을 성취해낸 것이 바로 상대적 공간성의 비밀이다.

그런데 이런 간절함의 미학을 성취해내는 데 기여한 또 하나의 비밀이 도사리고 있다. 그것은 바로 "가만 펼쳐 보이는" 몸짓의 비밀이다. 이 몸짓은 고요하면서 은밀한 몸짓의 속성을 일컫는다. 그런 비밀을 찾기 위해서는 다음과 같은 사례를 음미해보면 된다.

> 내리는 서설을 받으려 마른 부추꽃대궁이 가만 손을 뻗
> 자 바람이 잠시 숨을 멈추는 순간이 있었습니다
>
> —「겨울 이야기」 전문

간절함의 미학을 자연의 교감으로 음미해보는 복효근의 시선은 무엇보다도 "바람이 잠시 숨을 멈추는 순간"을 간파해낸다. 바람이 멈추는 순간이란 고요한 상태를 이르는 바, 바로 그런 순간에 자연은, "서설"과 "마른 부추꽃대궁"의 간절한 교감을 마련해줄 수가 있다. 이렇게 고요함 속에서 은밀한 교감을 나누는 자연의 풍경을 간파해내는 시인의 시선은 인간세계로 확장되기도 한다. 아니, 어쩌면 자연끼리의 간절한 교감은 인간끼리의 교감을 위한 '투사投射'로 읽히기도 한다. 자연끼리의 교감이 인간끼리의 교감을 위한 전도체라는 사실을 입증해주는 것이 바로 다음 시편에 등장하는 "풍경風聲"이다.

온통 울리고 가는 대신
풍경 그 청동의 표면에 살짝 입만 맞추고 지나간 바람처럼

아는가, 네가
아주, 잠깐, 설핏, 준 눈길에
안으로 안으로 동그랗게 밀물지는 설렘의 잔물결

고요히 한생을 두고 일렁이는
—「안으로 우는 풍경風聲」 전문

　풍경風聲은 전도체와 같이 풍경 안의 세계와 풍경 밖의 세계를 소통하게 해준다. 소통은 먼저 자연의 바람과 풍경의 표면 사이에서 이루어진다. 그런데 이때의 소통 또한 은밀함의 방법으로 간절함을 획득한다. 바람은 풍경의 "표면에 살짝 입만 맞추고 지나"가는 은밀한 스킨십을 제공하는 것이다. 그 효과는 놀랍게도 풍경 밖으로 새나가는 소리가 아니라 풍경 안에서 오래 지속되는 잔향을 남긴다. 이것을 복효근은 "설렘의 잔물결"이라고 칭한다. 그런데 "설렘의 잔물결"은 또 다른 소통의 결과를 만들어낸다. 그것은 그리움의 대상과 시적 화자 사이의 소통인 바, 이 소통이 바람과 풍경의 소통으로 투사되고 있는 셈이다.
　그런데 "설렘의 잔물결"은 또 하나의 중요한 속성을 간직하고 있다. 그것은 바로 "안으로 안으로" 나아가는 내성화의 속성이다. "고요히 한생을 두고 일렁이"게 만드는 원동

력은 생의 외부에 존재하는 대상에서 솟아나지 않고 그 대상으로 말미암기는 했으나 삶의 내면에서 스스로 생성되고 깊어지는 속성을 갖고 있다는 것이다. 복효근은 이렇듯 생의 본질을 탐구하는 여정에서 간절함의 미학을 성취하는 핵심적 요소로 내성화를 찾아내고 있다. 고요함이나 은밀함이 전제조건으로 표현되었던 까닭도 이런 내성화의 터전을 마련하기 위한 것으로 읽힌다.

하지만 생의 본질을 탐구하는 여정에서 가장 돋보이는 간절함의 미학은 다음과 같이 고요함과 은밀함의 조건을 거스르는 상황에서 성취될 수도 있다.

내 몸의 통점을 이어놓고 나면
나의 형상이 되리라

그렇듯 나무는 나무의 통점의 총합이다
아픔이 사라진 나무는 장작에 지나지 않는다

세상에, 생이 아픔과 동의어라니

아프지 않으면 노래가 떠오르지 않듯이
다리가 아프지 않을 땐 다리가 있는지도 모른다

나무의 통점에서 꺼낸 잎이 푸르다
꽃은 통증의 역설이다

—「꽃」 전문

이 작품에서 "꽃"은 "설렘의 잔물결"이 아니라 고통의 격랑을 관통하는 생의 체험을 밑거름으로 삼아 피어난다. 고통의 결실보다 고통의 과정이 중요하기에 제목은 "꽃"이지만 내용은 "나무"가 장악하고 있다. 꽃을 피워낸 생장의 과정이 나무의 줄기와 가지로 형상화될 수 있기 때문이다. 그런 고통의 과정을 입증해줄 만한 것이 나무 둥치와 가지에 자리 잡은 옹이들이다. 생의 고통만 조명할 생각이었다면 제목을 "옹이"로 삼아도 괜찮았을 것이다. 그런데 복효근은 이 시집에서 생의 본질을 간절함의 미학으로 표현해내고 싶어 한다. 생의 간절함은 고통의 과정을 기반으로 삼아야만 할 것이다. 그러나 그것만으로는 간절함이 성취되지는 않는다. 간절함의 미학은 서로 상반되는 요소들, 서로 어긋나는 것들을 품어내는 과정에서 성취될 수 있기 때문이다. 그러므로 간절함의 미학을 성취하기 위하여 복효근은 "나무의 통점에서 꺼낸 잎이 푸르다"는 전언을 들려준다. 이런 맥락의 푸른 잎이라면 꽃과 다를 바가 없는 미학의 구현체로서 자격을 인정해줄 수 있다. 고통을 밑거름으로 삼아 고통을 견뎌내고 보람을 일구어냈기 때문이다. 이런 보람을 복효근은 "통증의 역설"이라고 주장한다. 이것이 바로 그가 표현하고 싶은 생의 본질이면서 간절함의 미학이기도 하다. 생의 본질이면서 간절함의 미학이기도 한 것을 그는 "칠흑 어둠에 몸을 씻은 별"(「시」)이라고 규정해보기도 한다. 이런 규정이, 이런 표현이 "시"라는 제목으로 사용되었다는 점도 예사롭지 않아 보인다. 그가 추구하는 생의 본질이나 시세계의 요체란 바로 이런 것이 아닐까.